文學の森

句集

花の窓

hananomado

赤堀洋子

昇陽（小貝川ふれあい公園・茨城県）

吐竜の滝（北杜市・山梨県）

朝靄の渡良瀬（渡良瀬遊水地・栃木県）

隠れ岩（犬吠埼・千葉県）

序に代えて

赤堀洋子さんの第一句集『花の窓』の出版、おめでとう。俳句で「花」といえば「桜の花」をいう。庭の桜がよく見える窓という意味だろう。悪くもないが少々平凡かな、と思った。とたんにハッとした。

花の窓遺影へ開けておきにけり

この句は句集第六章の題名であり、その九句目にある句である。この章は

夫も子も現れよ真冬の流星群

で始まり、

子落しの獅子の大口寒詣

一人居の部屋に眩しき雛の灯

老梅の脂たらしつつ咲きにけり

そして「花の窓」と続くのだ。

今年の春の彼岸に、私は妻と息子と三人で市川市にある名刹、中山法華経寺へお参りした。桜には少々早いが、この寺には因縁がある。私は日蓮宗の僧の長男であり、この荒行寺には父も弟たちも、寒行のお世話になっている。本堂前でお参りし、石段を降りようとしたらばったり、洋子さんとぶつかるように出会った。

そうか、ここには娘さんのお墓があるんだった。新墓の売り出しがあって、洋子さんが檀家になったと聞いたことを思い出した。数年前、ご一緒に俳句会に出ていられたその若い子が、平成二十三年に亡くなられた。そして次の年に、写真作家のご主人が旅立たれたのだった。二十二年には義父との別れ……。

そんなことってあるのか。洋子さんはただ一人残された。

句集『花の窓』はもっと早くに出されなくてはならなかったのだ。法華経寺のお墓の前で、私は動けなかった。恋猫が二組、眼を光らせていた。

句集の序文にこんなことを書いてよいものだろうか。しかし、この句集は赤堀洋子の永年の営みであると同時に、娘や夫も共にする一家族の声なのだろう。

亡き夫の好みし野蒜箱で着く　（平成二十五年）
二羽の鸊藻の花分けて進みけり　（〃）
笑まひたる円空仏の眼の涼し　（〃）
盥の月うさぎの影の濃かりけり　（〃）
命日の竜胆へ蜂潜りけり　（〃）

句集には夫の写真作家赤堀禎利氏の作品も写真で参加している。ご覧になっていただきたい。

赤堀洋子さんは昭和十六年大阪生まれの七十三歳。甲府で戦災を受け、共立薬科大学卒業後、東京都立大・大学院で植物生理化学を専攻した理学博士である。平成十七年と十九年には中国吉林農業大学で家政学の一部を集中授業している。

夫君とは互いに大学院の学生のときに結婚、一人娘と三人の平和な学究生活が続いた。しかし専攻を生かした就職口がなく、悩んでいるときに友人に誘われ、昭和五十八年「風」の俳句会に参加、近くの千葉の長沢ふささんに師事した。

図書館の窓ガラス打つ松の芯　（昭和六十年）
霜傷みせし侘助を掌に　（昭和六十一年）
山迫る琴糸の里蟬しぐれ　（平成二年）
鰤起し虹を残して去りにけり　（平成八年）
雪原を紅走る日の出かな　（平成十年）

本句集第一章「鰤起し」入章の初期の句である。洋子さんの句歴から見れば初期だが、十五年余りの作品だから、相応にしっかりした句が残っている。第一句の「ガラス打つ」、二句目の「掌」、そして五句目の「紅走る」まで、句歴三十余年の今日、果たして出来るかなと思うほどの完成度ではないか。

滝凍てても淡き藍の色　（平成十二年）
冬萌のはこべ土竜の土に浮く　（平成十四年）
母の墓へ水に浮べて桐の花　（平成十五年）
乗込鮒水漬きの葦を飛び越せり　（平成十六年）
病める師に五加木の若芽届けたし　（平成十九年）

「五加木」は五加とも書く。山野に自生する低木で幹に鋭いとげがある。若葉は食用になり、乾した根は漢方の生薬である。その「若芽」を病める師に……と作者。師は長沢ふささんであろう。この年、高齢で亡くなられた。「風」の沢木欣一先生、ふささんが敬した細見綾子先生、共に旅立たれ、「風」は「万象」になっていた。発行人の私は、すぐ近くにいる赤堀洋子さんのことは忘れ、全国各地の仲間に目を奪われていた。二十人を超える仲間の句集刊行のお手伝いをしながら、すぐ近くにいるこの人のお役に立つことをなにもしなかった。

今、改めて洋子句を見、その完成度に驚いている。申しわけないことである。

螢守児の掌にそつと螢のせ　（平成二十年）
草叢を雉の頭が走りけり　（平成二十一年）
立春大吉上野の山を闊歩して　（平成二十二年）
甘茶蔓にぎやかに嚙み秋うらら　（　〃　）
雪吊のぴんと張りたるゆとりかな　（　〃　）

「螢」「草叢」「立春大吉」「甘茶蔓」「雪吊」。こんなに明るく、自然と人工の〝いのち〟の躍動が、さりげない日常の中で、詩としてうたわれるのか、とうれしくなる。

その平成二十三年三月十一日、私たちは日本列島の一大異変を眼前にしたのだった。あの東日本を中心とした大地震と大津波、そして原子炉の異変の災禍。しかしそれと全く関係なく、赤堀家を訪れる不幸を、だれが知ることが出来ようか。

前年の平成二十二年に洋子さんの義父、二十三年にただ一人のお嬢さん、二十四年に写真作家の夫君が亡くなられるのである。先にも述べたが娘さんはひととき、私たちと一緒に俳句会に出ていられた。洋子さんはただ一人となった。

山繭のみどりの薄れ春立てり　（平成二十三年）
青田波押し寄せてゐる墓一基　（〃）
娘子を連れ給ひしか神渡し　（〃）
墓の上いつまでも舞ふ枯葉かな　（〃）
立春の雀にこゑをかけらるる　（平成二十四年）
亡き子への土産としたり赤詰草　（〃）
子の墓へ釣瓶落しを来りけり　（〃）

虫時雨森の上には双子星　（平成二十四年）

落葉しぐれくぐりて野辺の送りかな　（〃）

亡き夫の砥ぎしナイフよ柿を剝く　（〃）

市役所を出る足重し返り花　（〃）

点滅の聖樹の居間に一人かな　（〃）

これら十二句を含む第五章の題名は「神渡し」である。「神渡し」という季語は、出雲大社に渡る神々を送る意で、旧暦十月に吹く西風、と辞書にはある。

句集最後の第六章は、句集名と同じく「花の窓」とされている。

花の窓遺影へ開けておきにけり　（平成二十五年）

から採られているのだが、その他に次の句などがある。

夕燕茜の空に見失ふ　（平成二十五年）

教へ子も来て迎へ火を焚きくれし　（〃）

夕蜩夫と子の忌を修し来て　（〃）
鳩胸の大仏様に冬日差　（平成二十六年）

『万象』平成二十六年七月号の洋子さんの句は

新緑や白磁の富士のさだまれる

である。これらの句に私はどのような鑑賞を捧げられようか。限りあるこの世を生きて俳句を楽しみ合うことを、祈るばかりである。

平成二十六年九月

大坪景章

句集　花の窓＊目次

カバー・口絵写真　赤堀禎利
装　丁　　　　　宿南　勇

句集

花の窓

第一章　鰤起し

昭和五十八年〜平成十一年

枯蔓の日を受け止めて華やげり

初雲雀見しと幾度も人に告ぐ

石蕗の花波寄る崖のひとところ

春休み人形を抱き一人旅

潮騒のとぎれがちなる花火かな

茗荷の子土を濡らして出でにけり

秋耕の火を焚く独りもの言ひて

含め煮の慈姑を好む齢かな

図書館の窓ガラス打つ松の芯

鯉はねてみやぎの萩の影くづる

道それて冬の蝗と遊びけり

霜傷みせし侘助を掌に

藻の花の流れに鎌を研ぎてをり

月を見に出て菜園を巡りけり

岩走る垂水の縁の氷柱かな

花菖蒲の花影過ぐる小魚かな

芋の露風吹くたびに歪みけり

蔓枯れて冬瓜土手に転がれり

カルストの末黒野に滲む絹の雨

ルピナスの花穂の長さ計りたり

校庭の桑摘みてあり夏蚕らし

杏より這ひ出す虫の杏色

耳もとを蔓がくすぐる山芋掘り

湧水の流るる音や寒の芹

山迫る琴糸の里蟬しぐれ

台風一過の月を映せり潦

鳰の喰むざりがにの尾の赤さかな

短日の高野伽藍の灯かな

紅梅に来て嘴ぬぐふ四十雀

露天湯の岩の凹みに薄雪草

絡みあふ木より捥ぎとる通草かな

かがまりて古墳口出る鳥曇

老鶯や杉山の秀に霧のこる

海風の松に乾びし通草かな

一つ拾ひ二つこぼるる木の実かな

元朝やとんびに混じる凧一つ

初富士の浜に流れ藻拾ひけり

指の棘なめつつ五加木摘みにけり

間欠泉雲の峰まで届きけり

富士塚の草立枯るる残暑かな

初霜や芥蹴散らす烏二羽

梅林の小石混じりに節分草

上弦の月現るる花の中

麦の穂の雀色して雨多し

残飯を狸におけり野分あと

鰤起し虹を残して去りにけり

饅頭を持ち去るたぬき梅雨晴間

落椿掌に転がせば蜜こぼす

円空の寺の雪より蕗のたう

喪の家の庭の十薬丈高し

朝まだき雀が揺らす月見草

朝の庭嫗日課の栗拾ふ

冬うらら蟹の持ち上ぐ石蓴かな

雪原を紅走る日の出かな

煮凝に鯛の目玉の沈みをり

まんさくの花びらごとの雪滴

白き蝶天より落ち来滝の前

順番に山車の灯され鳥渡る

朝焼けの沼や末黒の土手を来て

江ノ電や物干竿に若布吊る

やどかりの石蓴の礁こぼれ落つ

揚げられし蓴に花の混じりをり

白鳥座西に向ひて虫すだく

友禅の型紙乾すや小鳥来る

秋の日の蟹一斉に穴を出づ

第二章　桐の花

平成十二年〜平成十五年

自然薯のお飾りをして売られけり

枯芝に広げし気球立ち上がる

滝凍ててもつとも淡き藍の色

土手を焼く炎の先に夕日落つ

石たたき走る朝日の薄氷

水かけし子規の墓より地虫出づ

渡良瀬の葦焼くほてり眼に頬に
末黒野の灰巻きあぐるつむじ風

植田澄む天竜川の水を入れ

麦秋や筑波山より朝日出づ

穂をあげて紫おびし麦の茎

砂利石の中より立てり捩り花

雀来るかへでの紅き土用芽に

沼の面に射しくる朝日葛の花

将棋の駒刻む庭さき蝗跳ぶ

姥が池すいれんの葉に榎の実降る

冬晴の楠へ鶺鴒飛び込めり

寒雀かへでの梢に嘴ぬぐふ

山繭の下がるくぬぎの芽吹き初む

春分の日が波に乗る九十九里

浮島の青蘆ひたし潮満ち来

生れたての蜻蛉の翅の震へをり

蓮見舟橋をくぐりて戻りけり

芋の葉に喜雨の弾みてゐたりけり

八千草に囲まれてをり六地蔵

村芝居果てて雲の間に月出づる

のぎ長き稲架の赤米風に鳴る

桟橋に河豚のふくらむ秋日和

紅葉してブルーベリーの苗売らる

元旦の月那須岳に残りたり

天井に届く米屋の初荷かな

寄生木の緑の毬に雪しまく

冬萌のはこべ土竜の土に浮く

立山の晴るるや春の雪重ね

税務署の土手の蓬を摘みにけり

夜桜や鴨一列に川渡る

月没りて明らむ空に揚雲雀

耀すみてつばめ飛び込む魚市場

茄子苗にかぢめを敷けり安房の晴

穴を出し蟹の甲羅の水光る

雛へ来て白鷺羽をひろげたり

鷺の巣に雛の頭の産毛見ゆ

警察に捕らへられたるやまかがし

流燈のひとゆれに文字にじみけり

傷りんご箱にて届く熊の檻

黍畑に顔埋めたる案山子かな

からすうり引いてあびたる雨滴

枯葦のふれあふ音や湖明くる

落葉松の落葉を踏めり匂ひけり

若菜野へ矢切の渡舟滑り出づ

柴又や今日の定食七日粥
開きたる梅一輪に夕日かな

薄氷へ出でしばかりの朝日射す

雨覆ひされし雛の流れけり

渡良瀬の舟に野焼の灰降れり

夫の帽子野焼の臭ひ残りたる

春きやべつ残る畑の地鎮祭

母の墓へ水に浮べて桐の花

校庭の雨水掻い出す蟬しぐれ

遠花火森に三日月懸かりたる

時折りに秋の風鈴義士の墓

雑木林抜けてとんぼの浄土かな

蜆蝶薄荷の花にぶらさがる

一列の鷗の胸の秋夕日

第三章　乗込鮒

平成十六年〜平成十九年

門松の松に遊べり尉鶲

砂浜に冬たんぽぽの蕾上ぐ

初東風や藻の青々と潮だまり

冬の蜂弁財天の酒を舐む

石灰《あく》を採る眠れる山の肩削り

熊笹に雪崩の跡のありにけり

初蝶の日を弾きつつ翅畳む

乗込鮒水漬きの葦を飛び越せり

散り残る花に満月赤きかな

蝌蚪生るる芭蕉の像の眼前に

神田川芥の中に残る鴨

真間の井に声のくぐもる薄暑かな

身寄りなき墓十薬の花溢れ

葉より葉へ弾んでゐたり芋の露

筒網に近づく鶴や朝の霧

鴨来たり数羽の中へまた来たり

柴漬《ふしづけ》を揚ぐるぶつぶつ言ひながら

薄氷の手前で鳰の潜りけり

朝靄のなかよりにはか揚雲雀

末黒なる葦のあひだに水湧けり

幾たびも鳰の顔出す花筏

東京駅煉瓦の隙に雀の巣

梅雨鴉雀の雛をさらひけり

蟬生るる殼を出るとき音したり

帽子より蟬殻出して数へをり

戸締りの老僧の背ナ蟬打てり

椎の実を鳩と並んで拾ひけり

火星の夜里芋畑の暗さかな

枯野より櫓をきしませて渡舟出づ

鮟鱇は口開け鯛は口すぼめ

注連飾る鈴の緒つよく引きにけり

雪片の川面に消ゆる迅さかな

うづくまる田雲雀へ雪降りしきる

羽搏きて風をおこせり大白鳥

花の山松に松脂採りし跡

山椒魚の卵の紐へ花散れり

逆立ちて乗込鮒の尾を振れり

笹舟の置かれし石に蝌蚪群るる

明け方の玉虫色の植田かな

九十九里の空の青さや卯波立つ

鴉の子助けて親に鳴かれけり

屋上の親と鳴き合ふ鴉の子

泥の池鯰の髭の現るる

落蟬の裏返るまま鳴きだせり

夕顔のひらくや底に小さき蟻

木の実落つ影ついてきて止まりけり

刈られたるすすきに寄りて思ひ草

目黒川紅葉のなかへ鵜の浮かむ

大山へつるべ落しの余光かな

空いつぱい曙杉の紅葉舞ふ

冬萠へ漁師の干せる地獄網

燠となる除夜の火桶の仄明かり

寒風の涙目に月仰ぎけり

幅いつぱい光の波の雪解川

病める師に五加木の若芽届けたし

桑の実へ雀の群るる小学校

師を送り蓮の日和を賜りし

生きてゐる蜥蜴銜へて猫帰る

薔薇園を蝶のごとくに歩きたり

師と愛でしときも盛りの大賀蓮

薪能うすばかげろふ迷ひ来し

山降りる帽子のとんばうそつとして

リヤカーで花野の水を汲みに来る

身に入むや板で繕ふ羅漢さま

口いっぱい金木犀の香を入るる

雨打てり毬に残りし虚栗

正面に北斗立ちたる枯野かな

第四章　甘茶蔓

平成二十年〜平成二十二年

初東雲鵜の一群の渡りけり

やはらかな初日を受くる麦の畝

傷舐めてゐし猟犬の眠りけり

石段を下りるや梅が香の中に

星空の通夜となりけり余寒なほ

収穫の海苔を分け合ふ浜言葉

うららかや車道にねまる猿親子

頂に小さき城や山桜

茅花野を染め大いなる没日かな

新築に越してすぐ立つ鯉のぼり

潮引きし後に転がる海酸漿

螢守児の掌にそつと螢のせ

葭切や沼に朝明け始まれる

翅欠けしまま落蟬の歩みをり

秋の日の鋼びかりや血止め草

蹲に撫子活けて迎へらる

新米を入るる米櫃洗ひけり

秋の蝶花に触れんとして吹かる

殿様ばつた跳べり安倍川渡し跡

鬼の子の家康像に貌出せり

炉の熾る荒神祭の詰所かな

綿菓子のわた空へ飛ぶ初詣

水門を出づる海苔舟冬暁

葉も花も日を弾きたり寒椿

青き空よりひとひらの冬桜

竹を裂く音天水に雪しづる

蝌蚪の紐黒き命の透けてをり

涅槃絵を体育館に拝しけり

花の枝啌へ飛び去る鴉かな

草叢を雉の頭が走りけり

囀や明けの明星残りたる

雀の子鉄砲狭間に鳴きゐたり

火砕流跡の川原や揚雲雀

とのさまがへる土管の口に間抜け顔

馬出しを一直線に夏燕

大手町槐の洞に雀の巣

これがまあ太古のかをり大賀蓮

朝市のあはびが角を立てにけり

日雷雲引き連れて去りにけり

馬追の髭をまはして風受くる

三百年の松晴れ晴れと新松子

一羽二羽みるみる増ゆる初の鴨

溝蕎麦の沼へざりがに釣の糸
やんばるの谷に群れたる秋あかね

夜の更けて藍の鉢より鉦叩

ちぎれ雲うすき暈もつ後の月

ゑのころや真つ赤な夕日欠け始む

落葉掻銀杏拾ひ始めたり

密林にまだ眠る人野菊咲く

壕跡に弾痕あまた石蕗の花

月の夜の空にゆうなの返り花

朝日燦鴨いつせいに着水す

石燈籠持ち上げてをり霜柱

眼前を目白のつぶて春立てり

立春大吉上野の山を闊歩して
薄氷に風の名残の筋走る

開きたる白木蓮つまむ鴉かな

傷つきし仲間離れず春の鴨

木の芽風大仏様へやはらかく

焼野より青き煙の上りけり

師の墓へ八十八夜の野道かな

卵抱く鳰の背中の息づかひ

竹落葉地に着く時の速さかな

新しき尾の出で初めし蜥蜴かな

藁しべを摑み流るる青蛙

脚二本垂らし馬追飛び去りぬ

甘茶蔓にぎやかに嚙み秋うらら

殿様蟙蛎小石弾きて着地せり

冬瓜の肩を並べて転がれり

水に落ち精霊蜈蚸泳ぎ出す

鰡跳ねし方へ白鷺構へたる

秋の蛾を雀が食べてしまひけり

雪吊のぴんと張りたるゆとりかな

地震去りし水面に動く冬紅葉

一陣の木の葉しぐれを抜けにけり

第五章　神渡し

平成二十三年〜平成二十四年

桜木をこげらさ走る初日の出

座敷奥まで日の差して初句会

冬の日の菖蒲田にひび浅からず

山繭のみどりの薄れ春立てり

鵜の潜る水のしぶきに春兆す

赤き苞とびとびに脱ぎ猫柳

剪定の音剪定の人見えず

去年の実を抱く蘇鉄に春日燦

いぬふぐり昼餉はここと決めにけり

母元へ帰ると言へり紫木蓮

菜の花や起伏の多き牧場あと

肩車ねだりてをりぬ花吹雪

さへづりへ新しき声加はりぬ

独り酒野蒜の饅をこりこりと

雷門くぐる神輿のあとに蹤く

白雲に栴檀の花揺らぎけり

黒雲の隙円かなる梅雨の月

山墓や紫陽花の青溢れたる

熟れ枇杷を咥へ鴉の飛び出せり

蓮の花小舟にのせて戻りけり

青田波押し寄せてゐる墓一基

土用芽を剪ればば広ごる柚のかをり

蟬生れて月にみどりの翅のばす

透明な袋をかけし青葡萄

水音にとまり替へたり糸とんぼ

椋の木の梢までのぼり凌霄花

中山法華経寺

新盆の父の戒名米にたて

曲水の流れを濁す鰍かな

青鷺の動かぬ影や秋の水

軽鴨の群へ加はる小鴨かな

霊前の新米ご飯湯気たつる

娘子を連れ給ひしか神渡し

男小さく夕日の葦を刈りゐたり

おほいなる夕日沈めり枯芒

墓の上いつまでも舞ふ枯葉かな

にぎやかや銀杏落葉を掛け合へる

お顔まで縛られ地蔵去年今年

しだれ柳寒満月を抱きけり

辺りまで染むる夕日の蓮の骨

寒林へ赤き繊月入らんとす

軽鴨のほとりを残し池凍る

立春の雀にこゑをかけらるる

猫の子を返すつもりが連れ戻る

春暁の火事ひよどりの鳴き立つる

燈籠へ春の大雪しづりけり

母と手をつなぐ右手もぺんぺん草

料峭や日の明るさを言ひ合うて

水揺れてため息ほどに蛙鳴く

今着くと燕夕日に飛び交へり
桜散る大青空を賜りぬ

山笑ふ佐渡は遠くに青かりき

蓮池の田螺の道のみなまがり

かへでの芽紅も緑も雨をため
蛙の子尾を持ちながら跳ねにけり

亡き子への土産としたり赤詰草

栴檀の花神鏡に映りたる

今年竹包丁塚を割りにけり

松蟬や白樺に雨残りたる

読経止み江戸風鈴の鳴り出せり

雪渓に黄砂の名残ありにけり

句碑開き祝ふ井川の夏神楽

万緑や客が一人の渡船つく

ななふしの閼伽桶に来る暑さかな

一陣の風に纏るる蚊帳吊草

立秋の空へ鳩舎を開け放つ

曲水を塩辛とんぼの行き来かな

軽鴨の川へ散りけり葛の花

門前に落つる鳥の巣秋の風

首挙げて亀の歩める野分晴

子の墓へ釣瓶落しを来りけり

虫時雨森の上には双子星

夫逝きて厨にいとど現るる

落葉しぐれくぐりて野辺の送りかな

亡き夫の砥ぎしナイフよ柿を剝く

市役所を出る足重し返り花

荒行のこゑのくぐもる冬の朝

捥ぎし手の傷に沁みたる柚子湯かな

点滅の聖樹の居間に一人かな

富士塚の灯してありぬ年の夜

第六章　花の窓

平成二十五年～平成二十六年

夫も子も現れよ真冬の流星群

山の湯に海の匂ひや雪囲

子落しの獅子の大口寒詣

一人居の部屋に眩しき雛の灯

水中の杭に藻草の生ひ初むる
あぢさゐの紫の芽に春の雪

老梅の脂たらしつつ咲きにけり

梅散つて白一面の麩屋の池

花の窓遺影へ開けておきにけり
むらさきの桐の芽吹きに力満つ

夕燕茜の空に見失ふ

亡き夫の好みし野蒜箱で着く

さざ波や黄菖蒲の影流れたる
木登りの猫に鳴き継ぐ親雀

桑の実やみな故郷を語りだす

青蘆のさやぎへ戻る渡し舟

花浅沙鯉飲み込んでしまひけり

二羽の鷭藻の花分けて進みけり

立ち泳ぐやうに鍬形虫飛べり

笑まひたる円空仏の眼の涼し

尾の先は流れにまかせ蛇泳ぐ

萩叢や風が絡ませ風が解く

夕闇にみそはぎの色残りけり
教へ子も来て迎へ火を焚きくれし

夕蜩夫と子の忌を修し来て
盥の月うさぎの影の濃かりけり

名月を猫が水飲み崩しけり

蜂舐むる檜鶏頭の穂先かな

ききちちの翅を広げて流さるる

命日の竜胆へ蜂潜りけり

鵙の胸夕日に染まる入江かな

秋の日にパンパスグラス白く炎ゆ

四十雀零余子の垣を突き抜くる

夕映やさいかちの莢黒々と

色変へぬ黒松高き城の趾

干柿のまだ柿の色月照らす

夕星のいと明るしや神迎へ

立冬の星やはらかく瞬けり

水楢の巨株朽ちつつ冬芽もつ

月天心幕間長き里神楽

薺摘む我に近よる石叩

鶻替や味噌漬屋ある女坂

鳩胸の大仏様に冬日差

老杉の纏ふ野焼の薄煙

芥子菜の茎立ち近き勢ひかな

雪解野に鶫の羽を拾ひけり

二輪草まづ一輪の高く咲き

山の水掬へば甘し花辛夷

新緑や白磁の富士のさだまれる

詩集　さくら

赤堀瑞希

文集『草』（昭和五十八年四月作）より

さくら　朝へん

朝はちょっぴり　さくらと会話
心の中で　つぶやきます
おはよう　さくら
おはよう　みずき
あらあら　今日は
いちだん　きれい
みずきちゃんこそ
きれいだよ
あらあら私
ちこくだわ
いってきま～す　お母さん
いってきま～す　お父さん
最後に一つ
いってきま～す
さ、く、ら、さ、ん

さくら　　夕へん

さくらさんへ
さくらさんは
どうしてそんなに
美しいのですか？
夕やけさんと、コンビをくむと
ますます美しく見えるのです
私……
見ましたよ
さくらさんと
夕やけさんが
コンビをくんでいるときに

さくらさん、
なんて、しあわせそうに
花をさかせていたのでしょう
なんて、美しく
花を　さかせていたのでしょう
なんて　美しく……
なんて　しあわせそうに……

さくら　　夜へん

今、私は、部屋のまどから
ねむっている、さくらをみつめています
さくらは、ねむっていても
いつもとかわらぬ美しさで
ほら、電灯のあかりで
さくら全体が
美しい光を放つ
電気のようです
まっ暗な
くらやみの中で
一つ……
ぼんぼりのようなさくらが
美しくかがやいています

さくら　　さよなら

きれいだなあ
美しいわねえ
道ゆく人たちは
口々に　いい合う
さくらたちは
その言葉をはげましに
いっしょうけんめい
美しくさいている
でも、さくら……
あなたたちがそうしていられるのは
あとほんのわずかです
あと何週間もない
でも、そのみじかい間を
いっしょうけんめい
美しくかがやいている　さくら
あなたたちは、がんばりやなのね

あとがき

「万象」大坪景章主宰より、ぼつぼつ句集にまとめてはとお話しいただいたとき、とても自分のことではない、まだまだ先のことと思っておりました。

仕事を続けながら、虫食いのような投句のときもありましたが、三十年以上も俳句をやってこられたのも、夫や娘の理解と、共に自然に親しむことの好きな家族に恵まれたことのおかげです。

夫の定年後の趣味、風景写真の撮影に同行して、家族三人で旅をしたりと、私の俳句にはいつも家族がいました。

俳句を始めたのは、研究や科学とは違う面から、植物に、自然に触れたいと思ったからです。しかし俳句の世界は甘くなく、迷宮に入ってしまったようで、自分の俳句がもう少しましになったら、夫の写真に自分の句を添えて、一緒の展覧会をしたいと秘かに思っておりましたが、夫に話すこともなく終わっていました。

夫の写真を句集の中に入れることを、景章主宰にお伺いしたところ、大賛成と言っていただき、気後れしていた句集をまとめることができました。

主宰には、お忙しい中、「風」「万象」会員、同人時代の七百九十余句の中から選をしていただきました。

「序に代えて」のご文をいただき、亡き家族に支えられ、句集を出すことができたことを、有難く感謝しております。

娘は文や詩、絵を書いたりするのが好きでした。

私の四十二歳の誕生日に、十歳の娘から『草』という文集（詩、作文、物語、絵など）を、プレゼントされました。

その『草』の中に「喜び」という作文で一緒に吟行会に行き、初めて作った俳句のことを書いています。また、「さくら」という詩も句集のタイトル『花の窓』と関係がありますので、別に紹介させていただきました。

桜は娘のだいすきな花で、毎年彼女の部屋の窓いっぱいに見ることができました。桜の句を沢山作りたいと言っていました。
娘とはよく俳句の話などもしましたが、厳しい批評家でもありました。

瑞希の俳句から

ささ舟や春風と共に流れ出す（初めて作った句・十歳）
一面のじゅうたんのように落椿（　　〃　　）
枝揺れて部屋いっぱいに花の窓
真下より見上げる花の白さかな
日に透けし名残の花の白さかな
無言館出でてまぶしき雪野原
春の泥踏んで久女の墓訪へり
筆の穂を整へてをり虫の秋
初鴨やビルを滲ます水鏡
マニキュアの剝がれはじめて夏終る

私の句歴は永いのですが、片手間の期間が長く、遅々として進まず申し訳なく思っております。いままで心からなるご指導をいただきました、「万象」の大坪景章主宰、西千葉句会の故長沢ふさ先生、しおさい句会の内藤恵子先生、千葉句会の諸先生方、「万象」の諸先輩や多くの句友の方々に心から感謝申し上げます。

句集に、夫の写真や娘のことも入れさせていただき、わが家の宝となりました。これからは、この句集の上梓を心の糧に一層深く自然とかかわり、俳句と向き合って、自身を磨いていきたいと存じます。

「文學の森」の皆様にはいろいろとお世話になり有難うございました。厚くお礼申し上げます。

平成二十六年九月

赤堀洋子

著者略歴

赤堀洋子（あかぼり・ようこ）

昭和16年４月13日　大阪生まれ
昭和58年「風」入会
平成14年「風」終刊
　　　　「万象」入会
平成22年「万象」同人
俳人協会会員

現住所　〒274-0822　船橋市飯山満町3-1709-66
電話・FAX　047-464-5946

句集

花《はな》の窓《まど》

平成二十七年一月十五日　第一刷発行
平成二十七年三月十九日　第二刷発行
著　者　赤堀洋子
発行者　大山基利
発行所　株式会社　文學の森
〒一六九-〇〇七五
東京都新宿区高田馬場二-一-二　田島ビル八階
tel 03-5292-9188　fax 03-5292-9199
e-mail mori@bungak.com
ホームページ　http://www.bungak.com
印刷・製本　小松義彦

ISBN978-4-86438-385-1　C0092
落丁・乱丁本はお取替えいたします。